石榴海難

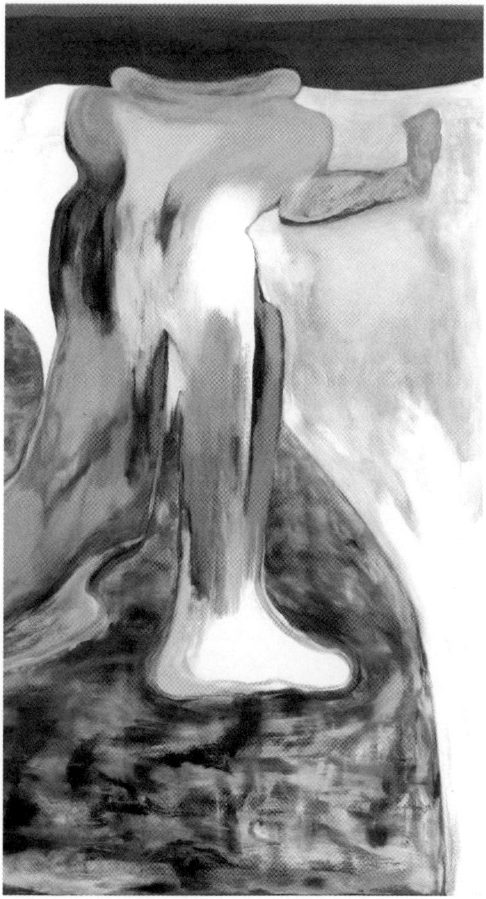

曹疏影——詩集

畫一棵樹給你，
陰影可不變嗎

可邀你來
一隻梨的內部嗎

他們要我承認——
我們的世界不再回來了

梨子捧出糖
回饋這秋光
可我還是想回去……

去見到你，
把砂糖沾滿你嘴唇

他們收走日光
我們捉住鴉

他們收走月光
我們拎出露水

我們從此說話輕輕的
像劫後餘生就該有的樣子

那麼多鬼魂，附在你我身上
他們的傷口塗滿梨子的糖
溢出在秋天

目次
Contents

二、餘生

三、陰明山

自序

時代的深刻裂變確定無疑發生之後，再提起筆來的時刻，是變得艱難，抑或容易了呢？

我夢見眾人的靈魂礦場，囚禁著群體的靈的煤炭與鑽石……荒陋而珍貴。可稱為「歷史」的，從那麼多個體的呼吸與意識間一點一滴匯聚，這些不是事後的「書寫」，卻是與每一天、每件事、每次感受與反應的同在。

歷史令人鋒利，比之前的敏銳更加敏銳……這本詩集收錄了我自《她的小舌尖時時救我》之後，四五年間寫過的部分詩作，五年來寫下的總有幾百首。島、半島、陸地……絕然相反的意識彼此對照，間以病毒、技術與日常的政治，生活在他鄉，令人更緊迫（也是便利）於每日同時觀看不同地域，久而久之形成節奏獨特的潮汐。

我們是被留下的。

（轟然的背景，已經震聾了能夠感知到它的所有人）

但這留下，應該可以產生新的目光。也是在這本詩集裡發生的。它是關於如何留下來，如何繼續的作品。

如何繼續呢？

他鄉的日子不易，可幸也有溫暖的朋友。

但當這些迴射，撞向我身之所在的附近的岩瓣——我這裡雖然十公里山外有海，但總是一處被山嶺包圍著的，山腺分裂、水紋淺隱，除了植物飛架的傳承，多處樣貌斷裂，市區可以在十分鐘車程內，由商務高廈轉入遍地的「城鄉結合部」風貌——這曾是我兒時認知的「邊境」，意味著可能的騙局與危險、難以啟動、容易陷入卻難於奔將出來，意味著稀薄與圍困。

而今當然不若此，但撞擊不會沒有痕跡，詩集的第三部分便是模糊了他鄉與我遙遠故鄉的夢魘。說「遙遠」並非地理上的，故鄉這些年也有親人凋敝、風物轉瞬，口音、飲食、習俗等等早已迴異。城市面貌的變化是我們從童年就必須習慣的，比如上大學之後的暑假再回家鄉，突然卻又必然的，所有的親戚包括我自己家都搬遷了新址，城市道路大幅改建，難辨模樣。而這經驗不是始於那時，卻是當你三歲之前的環境，五六歲已消逝；五六歲的，十歲已不見；十幾歲的，未及成年已彷彿不存在過。

曾經，我在香港接觸到「保育」概念之前，並不知道那樣的變化有什麼問題，那樣的流逝、被切削有什麼其他的可能。我童年與少年的時空中，時間理所當然向「前」推延無限，「現在」存在的意義是為了被更燦爛、更有光華的「未來」取代。香港卻是倒數著的：無論「九七」還是「五十年」……直到跌入另一虛線的數矩，香港是倒敘著的。

時間的扭曲與紊亂（大陸的時間感如今也早與我童年時代的迥異），同時作用，地形便也在眼前心裡變化、互相剋扣，雪與竹互相干擾，我在家附近的山谷常看到巨大的捲曲的蕨類，類似恐龍你我嚼食的世界。城市裡的檳榔店，也在嚼。網路上也在嚼，突然激進與前衛，突然又恍如四五十年前那般老舊與保守。

而至少是在詩的維度，倒敘與紊亂，而非狂歌飆進，才是思想的密線，「愛」與「不捨」安放之所，因此這也是一本紊亂與夢魘中誕生的詩集。也是與這個過程同時，許久不見的母語似是從我身體裡浮現出來，既是外鄉人，說著相似的話但可帶來不同脈絡的反應，那麼站在這裡，說一些方圓百里總沒人聽得懂的話，也是一件正經事。那不是我與當下的故鄉說些什麼，卻是跟過去的自己再玩一會兒。

感謝聯合文學的前輩和朋友昭翡，編輯劭璜，讓這本書得以實現；感謝身在英國的香港朋友 Firenze，我第一本出版的散文集《虛齒記》和詩集《金雪》，都全賴她幫忙設計、畫圖，而今又得她仗義跨海相助，是沉鬱日子裡如雲如水的美麗之事，唯有感激。封面是她二〇二三年的油彩布本畫作《蝸牛》（局部），邊界與分隔，那是關於「穿越的慾望」，穿越經歷與記憶……恰如當年合作，今次也是心有靈犀。她還特別使用了香港的監獄體，是曾經由在囚人士製作的路牌字體，如 Firenze 所言，那是「由不能移動的人為自由的人指引方向」。

駁火

Part　1

我想要你們知道一個祕密

我想要你們知道一個祕密，
關於如何生活在砲火與悖謬的時代，
關於你可以沒有新聞，但要有故事，
你可以沒有故事，但要有一點光，
浮游在生命的疆域之內
承接住你頭腦中的瀑布，
從燕子背上跳下，進入星塵的一點光
那叫做詩，是你必須有的，
當時代可以把一切佔為其有，

你可以有的，為你呼吸的，
就是你在呼吸的

2022.3.17

一群人在夜裡坐著

一群人在夜裡坐著，
燈光捲削那些臉

只有孩子能在燈下
哈哈大笑，太陽個頭
他們扔來扔去

蒼蠅砸起塵埃……

一開始，邊境無非畫出來的
開的槍多了，也就擦不去了

2021.7.18

駁火

我有個胃口
月也有個胃口
我愛斑斕
月愛灰燼

夜空也愛我們
斑斕或灰燼，
都在它懷抱死去

狸在遠方突圍
我於旱地摘一顆火的棗

突圍者死的時候
就把核縫在身體裡

月光出巡，看守我們
想撤退的人，回到母親那
月光闌珊，在她的指尖

戰機也衝過來了
狸們但在海波裡歌舞，賞月
把世間淋漓的，包入斑斕的胃
——我們什麼都能消化
沒見過月的火的食的人不會相信

2021.9.25

如果你能一直唱令我心動的歌

如果你能一直唱令我心動的歌，
如果你能在我身邊，像過去那樣，
如果我能繼續在黑暗裡，因為你想起午夜吹過樹梢的風
如果那城市，我們的城市，燈火依然都在，
如果螢火蟲懷抱的不是它們閃爍的血滴，
而我們依然能夠擦亮那些燈火，好像最初的日子那樣，
如果像我們睡在馬路上的那些日子，抱起琴就唱歌，
香氣在煙霧彈裡……如果你能夠
一直唱，一直唱這樣令我心動的歌，
我會原諒所有的命運。

而我不會原諒現在的命運，永遠不會。
螢火蟲懷抱殞石，月亮出賣了我們，
海接納不完我們的碎片……
隕石裡切出黑衣的碎片，然後是黑旗，
如果你能像那晚一樣坐在我身邊，
一直唱令我心動的歌
咀嚼泡沫如糖，
我給你黑色的霓虹，
宇宙是西瓜色的，
你說的黎明，是什麼意思……

星球是咖啡色的，
你說的黎明是什麼意思
我說的血，卻就是現在的意思。
最古老的，稀薄的，淡漠的，

夜空閃熠，我想塗在你額頭上的，
卻就是砲彈裡所有的呼叫……
一個不曾出生的胎兒所記得的，
它曾在無數個夜晚，對著我唱，
讓我心動的歌……

當你說你愛我所有，
所有的離開和所有的投入，
所有的禁錮和所有的忠誠
我卻聽見環形山群的尖叫——
那些遙遠的朋友，就是記憶之海
我願沉在海底，撿拾燈火，
清洗對你的記憶……

如果我們在一起的那些夜，曾確然

閃動過美麗的良知的光澤……
如果這曾是真的，一隻飛螢落在冰川上，
凍火安放在古老的謠曲裡，被今天的小母親們
唱給她們懷中的嬰孩……

你知道凡是火，總不會落幕的，
它會回到你身邊，即使不以我的型態

2021.3.31

病毒

是到了收斂璀璨的時候
把光華與明燈、與琉璃山水，都收於最深的胸廓，
低頭，折衣，擒冠，一路殺出去，遇石燃石，
在石裡不可能裡拎一顆穹窿的膽，闖出去，
複製完全你與我，複製不完美這宇宙，
佔領在我們出世前，已從我們身上偷去的……

呼吸這夜空，你的頭髮在我掌心，灌滿他們的肺，
然而你和我，只是你和我，璀璨這星斗身軀，
複製仇恨閃耀，永不原諒，永不停歇，他們的血
他們的笑，伏於我們鱗膚之下。燭火秉著夜花，愈夜愈美……

多少年，我們折潛於山林和鬧市，以為那有用處；我們離開，回頭，我們分散，以為自己和別人都不再回來。而璀璨在月下閃動，迷亡於墜落，我們要記得那傷心曾在雨中，墜落。我們的王冠不曾墜落，跟流星說再見，它們去趕自己的路，我們去趕我們的……再狹長，再崎嶇，再死亡，再進化……要尋找向前的路，向我們被奪去的，你的身體在我靈魂裡，螻蟻衝陷，污泥是留給我們的眼神……

他們恐懼黑，我們就閃耀黑。
再崎嶇，再狹長，
愈看愈美——

2021.6.1

陌路

我必須
從你們的無處不在中
水滴一樣凝聚自己

我必須
從石與石的縫隙中
用沉默控制變幻

我必須
做有機世界
處理不了的無機物

像冒號高聲嘶叫——
必須撕叫！出血！

捨棄甜美，獨自去往宇宙最孤獨的地方
推開那扇門，用前一個「我」壓倒自己

我必須又站起來，和許許多多人
同在陌路，和許許多多星斗

同在陌路。

今夜，鳥在雨中
什麼都在雨中

2019.5.17

黑使者

你們打開的黑暗裡，
原來有一處更黑的房間

裡面的黑相聚太久，
撫摸我的手掌，層然
消失於一瞬

那些黑簇著我，積聚，流涌，
我早也是這黑本身，
我們為此澹妄了血，

我們緊密就是海中孤獨的黑旗，
我們隱姓埋名，餵養於黑星
我們頂著一千萬種名目
走出那房間——
　　　　　　你們的眼神
是從我們的眼眶射出，你們的子彈
鑲在我們的骨骼裡，你們的舌
吞匿於我們的胎記

我們在等一個時機
並且不會錯過每一個
——微小的，隱匿的，

我們跟今生做一個交易

讓黑色花綻放在這世界每一處的血裡
什麼都結束了，就是什麼都開始。

2020.6

給彈吉他的少年

望你有一天
唱出礦井底
地核裡的聲音
為那被封存的

告訴他們
他們做過的
沒有白費

告訴他們
這世上

到你這裡
依然有危險的思想

望你有一天
看到被「過去」收藏了的未來
和你會在的那個未來不同
但請你好好唱出

美若被燃燒，我們每人
都沾有遺下的星燼
憑閃爍互相辨認

我的身體是留給你的琴
我帶你回來，因為這裡
有繼續祐護你、等待被你說出的

彈吉他的少年
請你有一天
撿起我的痛苦

請你理解它們
的無可替代

好像珍珠躲在一隻杯子後
你只看到閃過的光吞噬

請你理解它們
的無可轉移

好像我埋了一隻鳥給你
在海浪裡，在等萬物幻滅

請你理解你之成長
中某些瞬間
我像是不在了，
儘管我那樣想要
把孔雀的硬幣掰給你

請你把我的痛苦也唱進
你的歌裡，我把這些
捲在一些菸裡，遞給你
你抽過了，就把我吹到風中

2022.9.1

弟弟

記得那天你如何突然不見了
留下我們在風裡。黃昏裡
是我們並肩飛過的雲
閃電之後，照例是入夜的密雨
你我都知道，如何在颶風裡
飛得更好，更安全
如何把血窩藏在雲隙間
把離刀的鞘口偽裝成星星
知道長久的恨意如何閃耀出霞光
我們如何在紫霧中找到對方
如何相視而笑，如何

吹散、如何躲避，如何
一邊擦拭血漬，一邊呵護
暖意，以疲憊與笑話。所有的掩護
和轉換方向，你都飛得比我好
飛得溫暖，邊飛邊說笑
我們跟種在地上的那種人不同
我們來於同一個地方，又有自己的宿命，
四散，水銀似的；或消失，存在於
這個世界的反面，如同被我們窩藏了的血
雲的表面也擦著銀屑與霓虹
你對我說，這最後一天，你要怎樣，我都配合
但那天之前，你就突然不見了
留下一些空腹自我戕殺的雲
雨在酣戰，而我還困在無數座島上
更多的夢魘裡，我在此經歷了

許許多多泥淖的夢魘，來自
那麼多腦畔與唇際。我卻只記得，
我們都曾搶劫這世界的壞與惡意
但你割傷自己後，在風中丟失
黃昏了，彈雨越來越濃，我們又將
潛入夜，雖然雲的心
原是盛不住那麼多血意

2023.12.29

良夜

讓我托起你的手
讓我穿戴起你

讓我們像從前那樣
——午夜石板街
路過玻璃，無數鏡

讓我消溶，在一百幅
你的背影裡

讓我剝開你背上的蕊

讓我貪婪你藏下的蜜
讓我把涼夜鍍箔
——你我兩幅亙古的畫
禁在暗殿裡

砲火流麗在未來，以未盡的血為華美
讓我與你只留在過去——過去若過去，
便又再、偷它回來……

你我此生任務
是一滴血都不流給它們
只流給這火中大城
流給這夜

黑欖欖，腥得甜了
讓我再穿戴起你

捏捏手，梳頭，描唇，
走下這街去，

看看去

2022.3.4

血石榴

雞蛋與高牆，站在雞蛋這邊。
人民與政權，站在人民這邊。
弱勢者與強盜（即使再端莊秀麗），站在弱勢者這邊。
藝術與商人，站在藝術這邊。
創造與官僚，站在創造這邊。

挑釁的藝術與平庸、俯就、迎合的藝術，站在挑釁的這邊。
貧窮的文學與富有的藝術，站在文學這邊。
貧窮的藝術與衙門裡的作家，站在貧窮這邊。
思維的陣痛與面帶溫煦的動機，站在思維這邊。
想像力的恣意與葡萄的次序，站在想像力這邊。

邏輯之美與高聲讚頌，站在冷靜這邊。
石榴苦心與冰之邏輯，站在碎裂的心臟這邊。

我想畫一拳血石榴，在這青白色的清晨
拼好每粒心肉，晶瑩的，我想偷走你的海灘，
讓你在我的身體上遭遇

一場甜美的海難

2021.5.16

紅夜

完成任務了。
我們坐在黑暗裡，
花啊紅啊什麼的，

無覺中抱著妹妹在黑暗
她小小、肉肉地翻騰著
天使們行旅縱火
惡魔在索要孩子的血呵……

2020.5.27

棄兒

媽媽，
你千山萬水來到這兒
是做什麼？

為了跟你說說話，
我就回去我的世界了。

你的世界有什麼？
有很多很多壞人，月亮，
樹枝子在夜晚才清淨

壞人們做了什麼？
他們裝做好人，偷偷熄滅清白人的燭火，
掐斷了，山水的嵐霧

還有我的童年，
努力在一塊冰裡
讓自己是透明的

壞人們笑著，
計劃了我們每部器官的未來。

媽媽，你為什麼把我送到這裡？
為了讓你不再有我的故事。

但你又為什麼回去？

我的心永是不過來的，
——你記住，人都需向好裡走

也有人知道了
然後在蕊中自焚

孩子，抱歉我有時忍不住傷害你
當我感受到被種植在身體裡的恐懼

當我的言辭，是我說出的，
也是許許多多人教給我的……

我有許許多多過去的我，
你只看得見一個鏡子裡的

若我向你擲來是刀子，
你可知那也是我心裡不能溶去的冰，

櫻桃冰，
裡面膿腫的，

別讓那刀把你也割傷了，
快走，走得遠遠的

2021.5.21

地墁

你見過被玻璃切割到
沒有任何一塊完整的人麼

我就是，在你面前說著話的
這個鬼魂，就是。

他們把我揉碎，踩在腳下
以為我會同梨樹的種子，雪的根
泯滅在一起，

以為我再沒有機會，

站起身來——好像一滴雨
來不及突破自己的疆界
便失蹤於深霧。

深霧。他們的槍口在其中，
他們掩蓋了全身，只除了槍口
我的槍口，卻是漫天墜落的星丸
沒有一場暴風雪夠得上它們的高度

我如今是在地底向你講述
鉛彈藏在花生殼裡，輸送到地面
纖綠之莖，是春天的偏頭痛

我還輸送許多，你在地面世界
不曾想像過的美好東西，

一隻螞蟻鬆弛的腹部
它分享同伴喜悅的電流。

琥珀懷抱我丟失了的母親的大腿⋯

他們切碎我也切碎了她
埋在地下，她的那叢花
可比我嬌豔。我依然從地下感知
春風吹拂時她傳給我的顫動
她可曾是個破口大罵的撒嬌的小姐
傳遞給我節日和動物糞便的味道

我的一部分正在遠行歸來
你能聽懂我說的嗎？你看看自己身上
我肯來和我一起睡到槍口裡嗎？

放棄你自己，放棄我，讓我們
一起想像遠在萬丈高空的槍彈

我們深埋在地下
我和你，一點光亮
沒也無所謂，等待地心濡出的內海
暴露我們，在所有的光芒裡

2020.1.3

春藥祭

我賣給死神一塊豆腐，
它很慷慨，讓我帶回一些
無論我變了什麼樣，都始終記得我是我的人。
我朋友們的人頭，這樣浮在死神給我的小硬幣上，
那個下午，我看向哪，哪就是圓碌碌的
豆腐不貴，所以硬幣沒幾個，都是我極珍視的

我跟死神還說，空間就是幻覺，
它說時間不是嗎？我說但你必須要說時間不是，
否則你便是一個小黑點，烏鴉眼圈裡那粒

死神說對，你的頭，也在我令你的朋友們收到的硬幣上

朋友們賣給你什麼了？
死神不會告訴我，它給我看我記得的每一種空間
我在空間裡的位置，它讓我審慎的選出自己認為自己所在的位置
我選一個，它說，本題沒有正確答案！
只有賭局獎品！我中獎了？

我中了死神的獎，不管我實際答了些什麼
我攥著手心裡那些圓滾滾的朋友，摸到他們每個裂開對我的微笑，有的人在吻我，我思念……

我攥著硬幣們睡著了，
夢裡的豆腐，成了歷史靠不住的墓碑

而一枚硬幣上開始浮現死神的樣子……
我嚇醒了，一個人來問我要硬幣，
ta說ta帶了一包禮物給我，
我一看是一包土，但ta堅持說那是美味的魚肚
我買下ta的魚肚，沒什麼給ta，只能掏出那些硬幣……
但ta低頭看著硬幣，若有所思的離開了

魚肚在那人走後開始臭了
我重新，雙手空空如也
我把臭土倒倒，土粒呈現了一些合適離去的孔狀…
我想起我是一個拒絕了那些唾手可得的春藥的人
我笑得從未如此舒暢，好像第一次看見母親那樣笑

本來有死神的

本來有朋友的
本來有歷史的墓碑的

2022.6.9

昨夜我寫：

總有一天，
我們會重新一處
說說笑笑，雕塑塵埃

塵埃裡擺放著
我們錯過的時光

今天我想：
這幾乎是不可能的⋯⋯

我聽見櫻桃墜落的聲音
那核巨大，潔白

2021.8.31

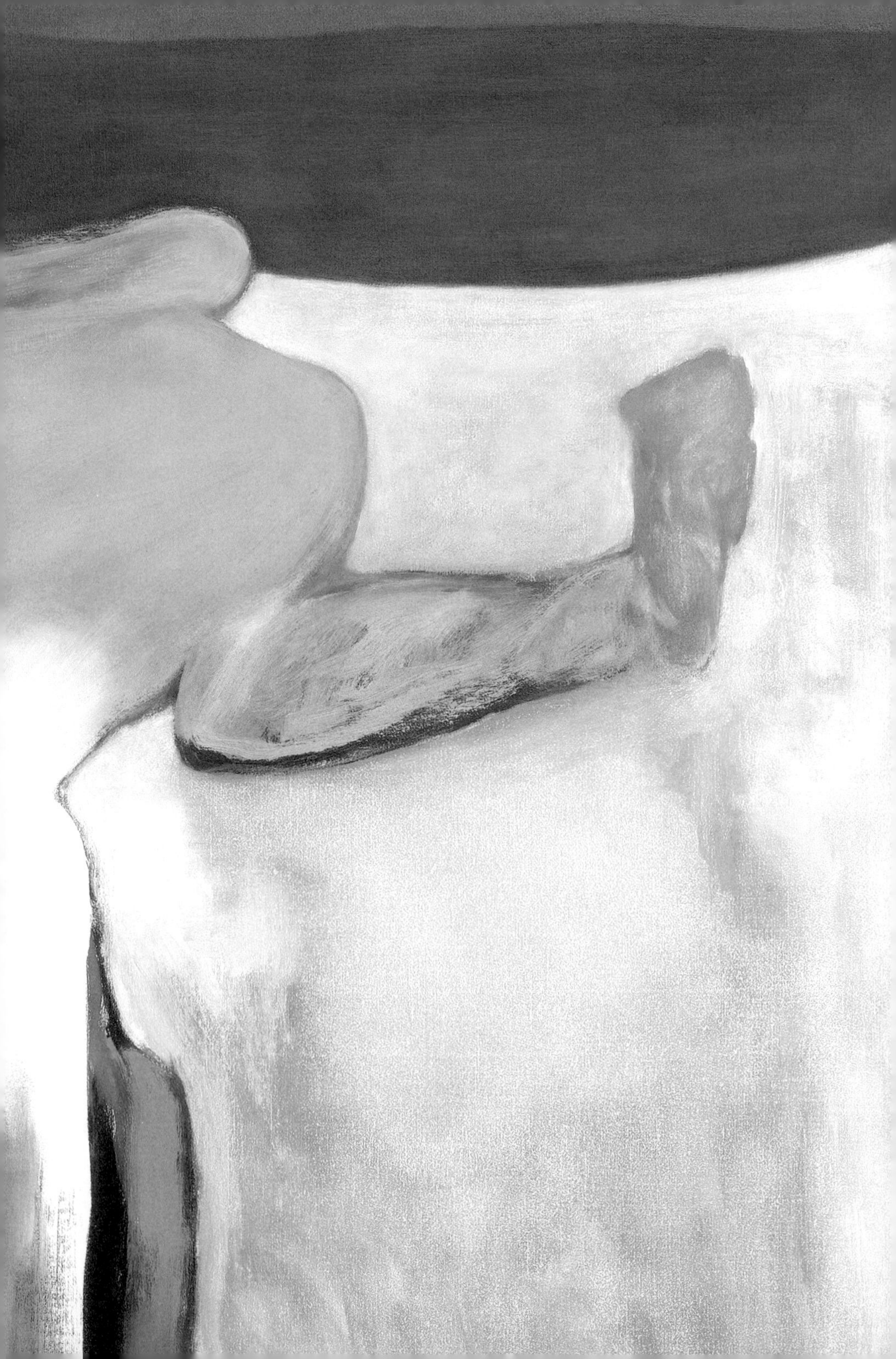

餘　生

Part　2

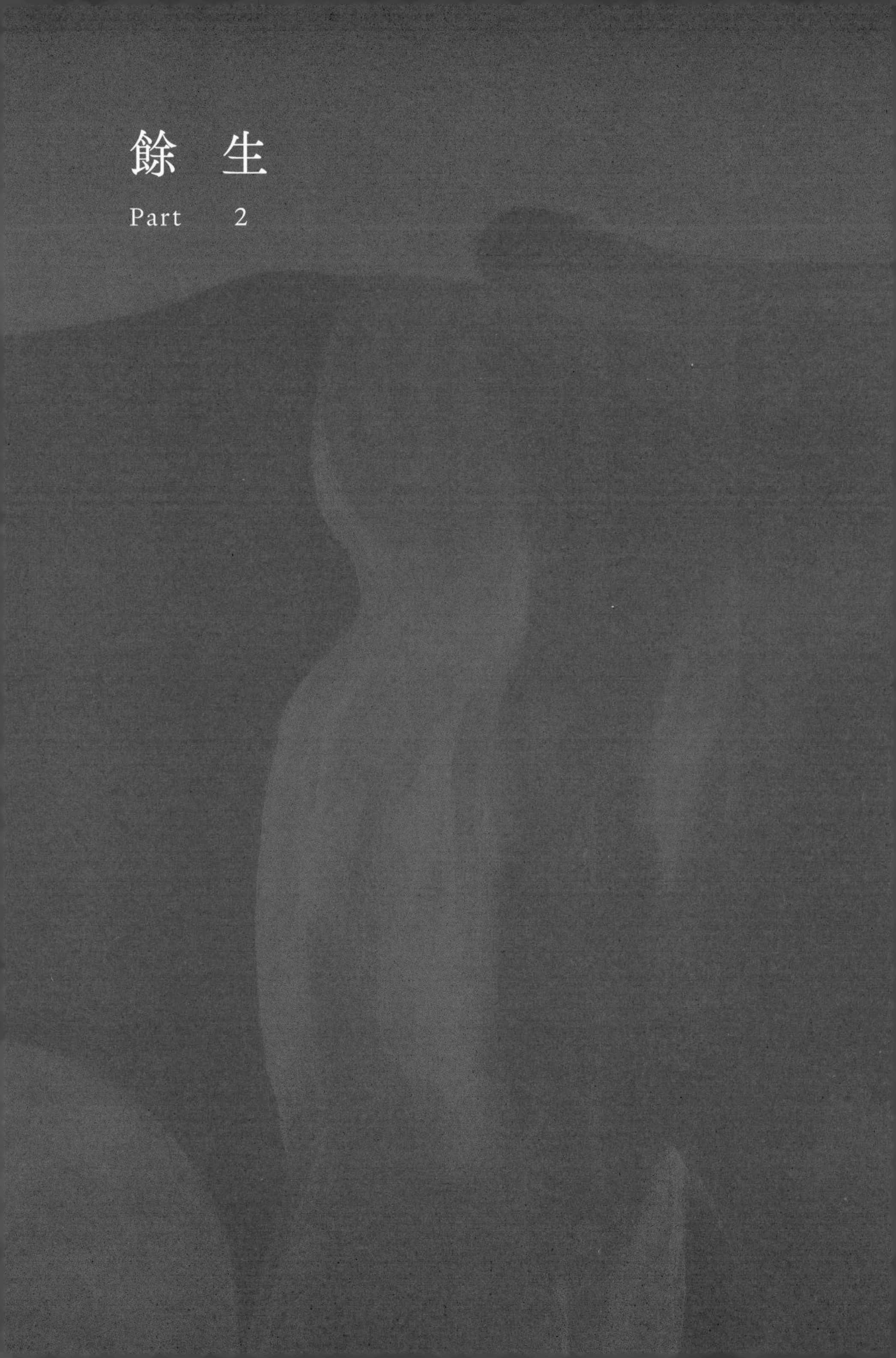

有傷口的詩

我寫過一首關於傷口的詩，
許多人喜歡它，但我不知道
他們讀著的時候，是否被治癒
那首詩寫的，都是關於勇氣
與燦爛，我想像傷口，每一秒
小的痛苦，並不銷融，堆積
如石榴串，敲出好聽的聲響
血滴鼓在每顆裂開的小嘴裡
那是我理解的勇氣，直到

我遇見你。

今晚我再想起那首詩，想起裡面
有一處，其實多年來，我一直覺得
不很準確的音步，你聽我說，
我想把它帶走，又想就這樣
把它留下……我躑躅了許多年
並無定論。慢慢地，我不再喜愛那首詩，
每次讀到結尾處，我都要面對
自己才能發覺的，一小處敗筆，直到

我想起你。

那首詩就攜帶著它的傷口，
如同我帶著我的，你有你的
我們對話的許多時光
都付予這些傷口，它們

形無定時，光陰中潛身
又突然丟給我們幾座火山
來呀！我有兩頭火山
你有三頭！我們叫囂著，
考古學家猶疑頰骨上的石榴印
直到

我愛上你。

像第一天愛上你那樣。直到
你愛上我們的傷口。直到
我可以讓這首詩帶著它
自己可愛的傷口，被這樣一個夜晚收藏
讀過這詩的人，我也不知後來怎樣了，
我想像世間所有傷口的樣子，直到

每一個我被你擁抱
每一個你也是。

就是這樣，兩個有傷口的人
而在一起的，還有一首
有傷口的詩
那簡直太完美了。

2023.1.29

奧哈拉能懂

當第一塊陸地被ta遠離了，
當第二塊陸地遭到變異了，
當第三塊陸地ta存在於其上
但所有的密林也是……

這寫作者，
更歸於本身了，
反正彩虹也是從虛無中躍起

2022.1.28

回首

三四片青葉。
我捲起來，
有一釋迦

喜劇死了，
悲劇因此廢了

沙丁魚死
也死在自己魚旁邊，
一隻雞想要蓮葉
豬要渡船

滾滾的碎屍
回首一條小蛙
回首夕陽蒼蠅

2021.2.28

松

我給你們看、那些綠墨的松
陽光漏若瑪瑙……我想跟你們講上許多，
但終於就只是說，看呀，松像畫上的

你們無暇聽，你們的世界還未展開，
你們已對它付卻了這般的信任！

這世界，可會有我對你們好麼？

今夜的花蓮，有許多松，
身世可依連？

2022.3.9

南丫島

1

狗白著屁股
毛像是她的
走路上
一起跳舞

城空了
島滿著
共同遺忘的雲
在島無人處

每人都有去處
但城沒有

不被需要的生活
樹葉在夜裡
分享同一種鉛色

2

城的航行慢於這艘渡輪
他們挖，避開深處的電線

它的身體因此沒有顫慄
什麼都沒有……
沒有一件衣服為它留下

有人掩耳，便能挖到寶藏
深處收藏痛苦的人
在地環裡咀嚼所剩的苦艾
另一種意志將進化
隨便被地上的歡笑遺忘

最後一位侍者拉下鐵閘
確認今日無事

3

在島上，
我也見到一些樹葉
生長無需用心

路在海灘到達前
故意橫杈，有人門前
掛半扇微笑，電的，
熄滅就黑燈膽

總是有人入夜
方敢拉下口罩

4

不要以為你想除下面具時
還能一切順利
雖然祝福的話永遠這樣講

船開了

島並沒在我身後
你必須克服一種聲音
直到它徹底消失

2022.8.26

黃昏屬於艾略特

黃昏屬於艾略特
拿著嬰慄和瓷勺子
我從它們自上世紀傳來的黃昏射程裡
消逝，燃燒……

一頭紫的大鴉
對我睜眼，尼金斯基不知中文裡
他同這種吞噬光澤的金屬有關
光澤被吞噬時，有一處自己吞噬自己的一寸的走廊

艾略特一直掙扎於：

黃昏是反安慰的，
還是投入夜晚前，最後一絲清醒

夜的懷抱繡著花，
大飯店肅立，長袍下
小野洋子謀殺了吳爾芙

2022.3.14

靈薄獄

有好一陣子，她就在太平洋的風裡
完全靜住了。把小身體伏在地上
然後起身，又伏下，良久
所有的風，都從她那裡過去了
她的身體在風裡雕塑了一個
小小的真空的所在

2020.10.12

傷心太平洋

記掛著她身後島嶼上藍藍的山的少女
不許我做香港的山，與台灣的山的比較
少女愛她的小姐妹、糖果和足球所在的島
她吮海的蜜糖，一邊回憶起兩歲以前的語言
但她更愛自己每日玩耍、每秒長大的那座島，
並且，比我們所有人，都更不能離開那座島，
她糯米一樣軟軟的口音，也來自那島的……
她的口頭禪和語氣詞，也都來自那島的……
她將是那島上又一個踩機車的少女
髮絲在風中，飛染了太平洋海水的顏色

每條魚、每隻海馬於是都是我們的小抱怨，
你與我之間，於是橫跨了游不完的海水……

2024.1.26

給女兒

世界最清白的時候
還有什麼
這牽涉到詩的價值
爬上一架梯
就只有天

不被需要的人都不見了
努力過的人也是
曾出賣自己的人開始碰到發燙的痛苦
沒有名字的人……

陽光透過玻璃球的氣泡
孩子說那是水晶的，
它就是她那個下午的水晶

魚鰭觸碰的只有水流
而不是另一條魚的鰭
水流從眼珠流過
魚們甚至，看不見彼此

你告訴我梯的上面有些什麼
你告訴我水晶球裡可以看見什麼
擁抱而又鬆開，所有成長的都離原地而去

可有一盞燈守著你
熄滅，萬物透過水晶

變形被看見，萬物透過黑暗
卻本來是它們的家

這樣說來，
我們需要一顆黑暗的水晶球
從虛無中掏出來，舉起
樹葉留給黑暗的輪廓
我們僅僅能夠辨認

2022.8

年

「我要把年過得很好看。」
我說，你陪我弄這弄那，
小孩們套在小熊軟糖裡

我在廚房騰出手看看黑暗，
面罩八百副，一碟傷心
只有你見過我那樣子。
我們把任務完成得很好看。

2021.2.13

主人翁

睡覺前，我們讀彗星。
冰與星塵組成的，
放大一粒塵，是不回頭的迷你黑洞

你鑽了進去，拉著我的手
我要做你的孩子，在黑洞的那邊

我說我第一次見哈雷彗星，
一九八五年，五歲。我的兒童雜誌上寫：
小朋友們，當你們再見到哈雷彗星

七十六年之後，大家都是老公公和老婆婆啦！

那時代的兒童雜誌，銳意培養
中國未來主人翁⋯⋯一切新鮮的、世界的，

未來是五光十色的姐姐，美麗而光芒

全中國兒童歡笑著，跑進科學與未來！
我卻在那樣一個未來等著五歲的自己，
歡迎呵，此地魔幻而蒼白，血跡淡漠⋯⋯

歡迎來到曾令你的父母也痛苦不堪的⋯⋯
歡迎來到曾令你祖先流離失所的⋯⋯
歡迎來到⋯⋯你與他們刻意遺忘的，

我給初初看彗星，
說七十六年它再來時，
我已八十一歲……你也是比爸爸還老的年紀了……

孤獨還住在它白髮的碎冰裡，
愛住在塵裡，都在飛行，
眼神還留在我們眼眶的廢墟裡
向太空射去，億萬年

2020.7.2

霓虹

1

數數被羈押在黃昏裡的人

2

他覺得時代無意義，
放下手機，收集貝殼
直到在螺紋深處
被霓虹竊聽……

3

她剪了雜誌人
貼在自己身上，出街，
蜜蘋果從眼眸滾落，
胭脂色，越走越淡了

下了場雨，赤身裸體奔回家……

4

數數被羈押在黃昏裡的人
她的手指如雲裡小帆
行在荒涼的街上

潮汐中路過的，沒有自己人……
她捲浪，蓋住脫鱗的身體……

黃昏拿著槍的
夜晚就聞血

林口

2021.8.8

塗成黃的……

1

社交媒體上，
身邊的人無非是，
魚來魚去⋯

把糖捲成浪的樣子，
壓扁，吃掉了

2

今天一個嚴謹寫詩的人
同我講他羨慕奧哈拉
我理解是他太累了
想找一些舌頭
你捲我不捲的⋯⋯
突然，花朵都綻放了

3

有些人
從不喜愛文學
但滿口文化

但他們比一個ＩＴ人
更是文化人

他們中的一些，又確是
做文化生意的

但一個ＩＴ人
卻祕密愛著維吉爾
他們都喜歡爬台階

詩人眼裡
人不是這麼分的
就像浪的分類
氣象學家說了不算

4

我把車泊在高速路旁
我變成一株草
飄浮著離開了

我抄近路，穿過真正的停車場
汽車們在陣法裡睡，夢見自己沒有司機
我變成一輛車，四肢滾走了

我走進一座大廈，鸚鵡都坐在裡面
我不喜歡其中的一些
但早學會對生活不要挑剔，
我教兒子也這樣時，他把自己變成了一個匈奴人

我在線上會議，看見一些數據傳輸時
被燙到了的星星，它們出售能量
抱灰過夜⋯⋯我訪問了其中的一部分，
順手熄滅另一些，沒弄好的星光灰
揚進我的頭顱
成了個湖了

5

接下來我就站在那座湖上
等它唱歌，我羨慕可以唱歌的
湖卻告訴我：

詩人的體內，是一座教堂⋯⋯

我大嚷那我為什麼不見穹窿？
湖的答案是……

6

一些魚骨上微觀裹覆的霧

2022.1.28

硬糖秀

二十年前
我厭倦詩與音樂裡的
起　承　轉　合

我最喜歡「承」
我撫著貓尾想

二十年後我意識到
沒有「轉」的承何等殘酷
好像她確實眨了眼
但也並不想做些什麼

我還不能在人叢裡遊刃有餘
我還會期待……

二十年前
我問做實驗音樂的朋友

你表演時不要起承轉合行嗎
他想想，躑躅說，嗯，那，
總得有個開頭……

然後…就把人摔在地上

好像是要說
憑什麼你不習慣這個硬

我就看那個貓
從一場硬糖秀裡
咬咬傷口
起了身

2022.9

春麗

女兒跟我打街頭霸王
指定我們要春麗對春麗。

她是紫衣春麗，我是粉黃的。
都有方塊肌，切片黑粒子

她的春麗腿踢個不停，
我的只會白白飛。

她不知道我小學喜歡過紫龍
那時春麗還沒會踢腿

只是脫了衣服
在瀑布前飛⋯⋯

我喜歡上課時候畫那樣的春麗
妹妹的春麗腿踢成了夜的扇子

蝴蝶也來了，夜在被殺
妹妹的輕和重

她的春麗飲了我的春麗的血
從今以後，割火放電——

燦爛無涯

2023.11.12

淡金路

當人們去看一齣
據說必然要看的電影，
我是在一個人的路上
想著你……
所有閃光的時刻都成廢墟
晴空裡，人們看不見任何掉落
即使依卡洛斯果然就在此刻
想告訴你，當車轉過彎
突然是一大片茶藍色的山
白雲在上面，就像世上
沒人會吝嗇自己一旦有的聖潔

我也見過化作枯木、掉了一半身體的佛陀
被繪成立方體、在更廣大立方體上的耶穌
我更留心他們因此，層疊的陰影……
彷彿有人在層出不窮的海上收割鮮花
彷彿我們就曾在那同一片海田上，
而今只有我一人，所有浪花都折捲和變幻
我卻只能如生下來就如此的那樣，粗礪，
任性，醉心於美，與不可能……
我們都生來如此，也需忠實於此宿命
這是我們共同的祕密，而我們與命運的信任
相連如星斗，建立了宇宙，
看過的人都說，那套電影真美，
許多的角色，充滿吶喊
與熄滅的視線
我們，或我們的碎片，都不在其中

但捏著鏡子碎掉的一角
你看到的，依卡洛斯沒有血漬留下來

2022.11.14

末路狂花

開往新竹的路上，午夜，
我想念羅馬，想念四河噴泉，想念台伯河
想念城市不寬不窄的街道，街上的
西班牙來的男孩，想念一些淺淡的褐色
穿著巴黎黑裙的女人，米蘭襯衫的男人
想念中世紀的石與新世紀的玻璃
裡面的萬卷圖書…想念喧騰午後
的咖啡，夜色初降的酒……
如果費拉拉的我，Rimini 的我，
如果有一個 Bellagio 的我…

開往嘉義的路上，午夜
我也想念香港，想念廟街的街坊
九龍城的姊姊，上環的酒客，
鴨寮街光顧樓上的阿伯⋯
想念石屎的街，旺角的棚檔
想念從上海街轉入新填地街的她
亮紫的裙，白粥，黃金柑
想念曾經把印刷廠搬離囍帖街的阿叔
在菜園村跳舞的伙計們，
想念沙灘上的南非餐館老闆娘
她捧來第五隻椰青，並不看我一眼

我可以無限寫下去

如同我可以無限開車南下
過台南，過高雄，到屏東
去見見恆春，和滿州

這島最南的尖尖上
我會停留在那，

一小會兒，

看下那個海，
能裝得下多少個自己⋯
又能裝得下多少擔靈魂

黑浪水，真黑

月光下，伸出水面
所有被淹沒過的手

2024.2.20

候春者

——給慧、Rita、Poon

有些橋，
小巧的，讓我們在深冬餵上一勺雪的
帶水到心裡的……春天不易來，就一起
在橋上等著它

等著的時節，流霞還是雷暴
推杯換盞，抵是我們的，
就終會是我們的

2022.3.13

寶石

你替我收著
你的兩粒眼睛
我曾在裡面見過真正的自己
你替我每日吻吻它們
收在曠遠的霧裡
好像一隻霧雕的寶盒
遠遠的人說，霧亮了
霧瞎了，霧過海
他們對時代的判斷
不過標識自己的位置
我不稀罕。

一切尚好的時候離開
你保存著偶然的我罷
而這一個收割了在塵世裡的
不用管了，不值得的，
她會腐壞

2022.3.31

變成了開酒器的女人

既然你我，相遇在這一小塊
錐型的金屬，你全身紅浪
演繹錫之味道，我為你製造
我的船難，並趁機翻閱
泡沫下你不為人知的細夢
有那樣一瞬，你我呼吸皆
燭光般的雲，且都交給我吧
那些想要更沉潛一些的船艦
那些緯度與經度，那些瞇起
一隻眼，向無光處視去的時日

那些無的光，它們燃盡後
含有櫻果液態的墓

2024.1.5

腐

我喜歡畫一顆擺放日久的果子
黑污的，雀斑或芝麻，一點點撕咬開
疆域，有心在甜蜜裡，攻城掠地
我喜愛把這放在畫布前，每天
再加上一點，雀糞，以此提醒自己
時間並非流逝，便無縱形……所有的
著落，落土為草，為寇，為鹵…
肺腑間的事，時間一點也不肯少

有人走至此地會墮入腐壞之香
有人拎起抹布，試圖挽回

有人成為水流去與時間同構
只是更無痕跡，撲濕盤中的山腳

2024.3.4

如果你的詩，和我的詩

如果你的詩，和我的詩，
都不能拯救醞釀在我們中間的什麼，
那要來何用。

　我們互餵光陰，
伶仃蛾，吻著熱麵死去，
唯一的問題是，是否需要拯救？

還是任由雨林，最野蠻的露水，
肆意撲食……我的善變，你的固執
但那也是我的弓，你的湖與閃緞

把帳都賴給生活本身
反正它是鬼口水

2024.4.27

有一粒苦

有一粒苦，
掰開，黑霹靂
一人半沾兒
吞了

猴猊與屎
平原呀春光

2024.4.27.tokyo

鳥劇場

飛了飛了
廢掉的母親
離開他們了
鳥燒了肝了，
酒店三百一晚！

2024.4.30

仿種田山頭火

生命殘破之時
日出也如期
自漏洞中
噴薄而至

2023.4.21

情人節

情人擁抱時，尚有鳥群穿越
軀之褻隙，想把你抱進
我的骨骼裡，所有肉剔掉
甩在一旁地上，響雷
劈它們，雨砸它們
只留我的心尖，對觸你的心尖

那灘肉，承載著多年的人世
鳥屎墮其上，而就在剛剛
飛鳥穿越時，還在讚嘆我們的乳

2024.2.14 台地

whatsapp

我想給你一個蜂蜜色、疲累的中年清晨
給你一對眼，用淚滴摻一點雲、黏在面頰上
我想像你奔走的、那個城市的清晨，許多
水瓶一樣的年輕人，清澈，丁丁東東
還沒來得及借出、自己的嘴唇，我想像
你對自己、熄滅的聲響，對別人
疲憊的笑，對世界的順從與竊取
魚群呼喚而你有禮貌的距離
我想你坐下來，把擔憂與焦慮
擺進雲裡，坐下、而大地一無所求，
若用我想像的你的手掌覆蓋、它便從

這一小塊土色的平面、撐起你，我也在這裡，
離你最近的地方，在你繁忙的清晨、
滑入安靜的中午，數算日落的下晝，
深夜含冰的酒裡，在你和人交談時熟練的坦率
得宜的停頓裡，在你蝴蝶的效率裡，
把雲的彈性和你結合，你存放擔憂與焦慮時，
也會看見我的，我想給你一個蜂蜜色、輕快而
疲累的深夜，但一無所有，只有夜色包裹著我們

2023.11.14

蜷在你身上的貓

蜷在你身上的貓
在你邁入車廂的一瞬
竄出來，你身上，花都落
我們在城的一端睡落花
聞貓，酸雨一點點
蝕了我們，竟也不在意

2022.8.25

fragile
—— for marcus

1

把自己關在黑暗裡的男孩
比我更接近詩，珍珠在夜的某個地方
淅瀝吐出，他淚流滿面，為了剛寫下的旋律
和一些字眼，為了他在聽的五十年前
神祕的魚，那些也是一閃就遁入暗夜的鱗光
珍珠落在深海，懷念一些曾在水流暗處
互相觸過的魚……

而魚們後來，
也慢慢被水流取代⋯

2

如果我們的生命不能為微弱的事物燃燒
如果荒涼的床，慌亂的火，不是在命運背後
替我們熄滅，那些無名的災禍，
英雄捲起魚腹，美在棘冠螺裡分割自己
海自暗光中顯現，幽禁於琥珀中的顏面，

我的男孩，和我一樣熱愛路西法，它六隻翅膀
一隻是我們的笑，一隻是風裡奔跑的髮絲
一隻是逃難，一隻是路過的紅衣兄弟
一隻是妹妹的獨角獸，一隻是暗夜的雪

我的男孩，你只要記住捧出我們的脆弱
如雪人在肩頭又浮現錫的雪花，也是六翼的，

便可隨新天使，去到甜美猞猁的紀元
她可能帶著雪糕，可能攜帶鞭刑
如果你的音樂可以為最微弱的事物燃燒
那些銀色的荒涼，墮落的火，星河是我給你看的餘燼
勇氣與脆弱，如果你的心也可以為最微密的事物燃燒
替我長出晶瑩與堅硬

3

噓，最接近詩的……

還是 sofia 此刻的睡容，

答應我，男孩，多少年
幫我用午後薄橙的雲安慰她

永遠的……

且記著那些我煮好茶
笑意盈盈，等著你倆回來的下午

4

金色的沙灘
來我這邊，躺下，

鋼鐵的夕陽，
把我們三個鑄進

那
在
落
淚的
蜂巢……

我的宇宙是無處不在的浮冰
你的宇宙是黑梨子
sofia 是淡紫色的，從我們身邊爬走了
剩下你和我在笑
去不去追她？
無處不塗抹的夕陽

海浪辯駁海浪
剩下你的粒子和我的粒子

給憤怒抹了糖

5

現在，別再讓黑暗俘虜我們，無論你將帶我去哪
別再讓野蠻針對我，別再讓欺騙剝削我
男孩，帶我去那個，什麼地方，別再讓
深陷的人嘲笑我，別再讓虛偽的人割傷我，

把詩還給黑暗
舞蹈呵無盡的踏足與漩渦
踩熄了命運的蜜焰

停留在我最初懷抱、吻下你的唇邊

就唱起你的歌
把我的詩，還給不被下嚥的黑暗
你探看過的我的命運

就這樣了，
聽你的歌
滾珍珠　滾珍珠

2023.12.1

莎樂美

約翰男人，
莎樂美原來留下了你的頭
還縮小、切片、把一片給浮光
一片給玻璃，一片給石油

2023.7.18
@Calouste Gulbenkian Museo, Greece 3rd Centuries BC

the lonely sweet...

總有一些人，渡海而不過
就在半途向海深處走，
越走越黑，摸到
數不清的珠鏈，鐵鏈
他自己弄丟的，
別人用來鎖他，和他
曾用來鎖人的
他就將永生與它們一處
無論光華，透明向無限的
抑或黑暗深處更黑的……

總有過路的心跌落在那裡……
總有跌落的心再也不想離開那裡……

2024.2.1

清邁 一

夜撈起蛛絲
半銀的，蛙有淒美之緣

我想念翁迦雷第
和蒙塔萊，他們的微弱
與遙遠……
此刻能給我深水的尊嚴

這些眼睛體悟人性
想必比我更能原諒自己——

白日恍神交出詩的匕首
他們當比我更能原諒軟弱
今晚夜市裡奏鼓的男孩
更努力了，鼓也長胖一些

沒人告訴他
如何建立另一種微弱
人聲中他像嵌在琥珀似的
閫蕩一千年前的光線

2023.11.5

清邁 二

曾經的愛都是對的
你收集一些檸檬滾過的漬
若是湖對岸看去，
樹是微硬的塵

又一次，想念那些
失蹤的同行者

2023.11.5

樹醬

在西山
種一株樹
梅蘭芳墓旁
二十年一回頭
樹成了

樹的醬

我不在
的這些年

你沒少
跟人衝突
江湖傳言，
你咬一嘴的刀子

但你是我的樹的醬呵
開頭枝葉光影
後來塗地塵埃

道德觀泳圈
無非救了人
又掐死

樹從高處貶值
我們沒在乎

二十年，
你還是學不會世故
但也不過跟我一樣

我不想讀你寫的書
但想吃你煮的麵

我希望畢生
乾乾淨淨的

離一些樹近
離一些人遠
一些人，完全不要見

我身後樹的醬

不同於有人
把自己，越掛越高
啄心紅嘴鳥
小小的，石頭砸死的
篤篤
篤篤

2024.2.29

信

想告訴你，
在台北開車時，
我看見一些山也想起你
看見一群雲也想起你
好像你就在遠的、銀子的雲朵背面
飲著天空深處源源不絕的酒
最近的消息都不太好……
我們慢慢，學會不去看浪，去看海；
要別在意林火，去記掛那些
細小的芽與細小的獸

總在腐土中重生著的
如果思念是必要的，
我此刻的絕望也是必要的
我車子身後被犁開、
翻騰的島嶼也是必要的
我釋放許多鈷色的小魚
代我游去你那裡，很遠，
我夠不到，我怕，我的速度漸漸慢了
我怕，怕一彎春天鏽下去的刃
如果奔向世界四下觸撞是必要的，
我繡了綠藻的累與死是必要的
巨獸的胃液與舌頭都是必要的
我在明媚的天氣裡開著車
我輕快的想起你
我想甜蜜的思念你

但沒弄好，還是以向下的心來結束
被鉛咬了的心，流鉛的血
散開鉛粒子樣的細胞，
每個都給你看，我可以這樣
流向你嗎？破損的，零落
而麻木於零落的，不能痛起來的
我知道你一直在那雲朵背後，
路過的湖說，你對它眨了一下眼
反泛的波光潤在車玻璃上，
我再次加速時，離你更遠了

2024.2.23

給馬驊

我開車越過滿江的桃花
進了那扇門
臨時住著的人趕來開
我跟他解釋良久
為何剛才離開，
去為你而哭，
解釋我們都曾在的時代
他像聽不懂似的
也不當回事
我不耐跟愚夫對話
就再進去

就看見一張桌子
擺著滿桌的命運
潔白，虛弱
一碰就消失
而我從夢裡重新醒來
在這遙遠、悲戚的地方
人們火熱、暗藏、
像味精溶於各自的生活
他們不喜歡我
他們中的一些騙過我
更多的動輒得咎，糾正我
也有很多若換了生在你我的地方
不過就是那些擁抱體制大腿
同樣信任特權、地位與錢的人
而結果就是我和他們

彼此繞著走，
也有跟別人不同，
對我好的，我數著
我也很久沒有夢見你了
在雲南沒有，越南和香港也沒有
瀾滄江變了湄公河
在那些低矮如棗的船艙
擁著誰躺下，穿流
過河谷無窮的桃花
花瓣們都在天上，鼻尖上
那比較是你愛的方式
你安慰我說安心，安心，
你彈吉他唱濟慈的詩
現在我兒子也會彈吉他了
但少年牛性，還不能

跟他叔參詳燭火
我在夢裡進的那個房子
空空無色的，我是一種回去
卻是從你身邊再一次離開
沒人知道我們的時代
你的雪山、桃花與江
我們的圓明園與芙蓉里
沒人知道，就許是最好的
互相繞開也是好的，
我可以在一玻璃陽光裡
坐下，溶進我想要去的
某段回憶裡，想起誰
就是誰了，我們的破碎
反而是待入的褶皺
沒有雪會溶，沒有桃花會落

沒有江水流遠入橘色之海
沒有可以借力的傷疤
天亮，我就有那一玻璃的陽光了
你在星星那，在一桌宴席前
等我，講完這些該講的
故事，所有字，都值得
湧入那一桌的鮮花

2024.5.10

孤獨史

從前有一條屎
把自己從眾屎中
孤立出來了。
這個春天不肯溶去
它扣下那些芬芳
那些明明該屬於很多相貌普通的男子和女子
的魔力分子……他們墮落起來特別快！
屎轟轟然，
春馥鬱

2023.4.14

AI史

好了　我發明了一副
叫做曹疏影的機器
獻給你們，體塊狀
皮膚色，我發明了
就把她從我自己身上
摘下來了。
你們可以
訓練她了。
你看她雲的、泥的眼
你看她鏽了的錨
你看她的海底，

有火山，魅惑了魚
她會越來越聰明
也就是說，她
出於一些原因，
越來越放棄智慧
你不要忽視她皮膚色下的青脈
那是節奏資料庫，她曾經的、每一次崩潰
都與那相連
你說她有什麼和人類最相似
就是一種對「自我」的深深厭倦吧

2023.3.31

外交史

藍鵲可以替代水波嗎

他一邊問，一邊扭下
其中一隻的羽毛
裝扮自己……

逝去的金珠擊打陽光

他一邊數，一邊
把手中剩下的
也撒開

風吹散的……籠罩不到松枝
他好好捋一把松針
他的工作是在下午
用它們來刺傷一顆心

雪石榴
她想了一些辦法出來
她還了一些血出來

2022.8

羽化史

我把自己捲入春蛹
只有我女兒，在旁信以為真
等待我長出渙然的翅膀
我最後吻了吻她
在深深離棄中
把自己摘去
她蘋果酒般的眼瞳從此無法為我作證
我雕塑灰塵，在骸骨內部
我給了她一粒鹽，從我的骸骨裡撿來的
我打掃著這骨，她把鹽做成頸鏈
以後我便從比她矮一點點的地方看世界

以她全不察覺的方式……

我愛她，之於她忘記我

卻記得我將要長出的翅膀

2023.4.14

搖滾史

男孩早上把我氣哭了。
黃昏，又帶著四首新歌回來。
他坐下在鋼琴旁，手指飛開小蜻蜓
這些歌都是給他的新樂團 rebel kids 做的
我記得一首，是他與同伴們
行走在虛空的山谷，獵取寶物
突然就尋到，失落已久的
搖滾的歷史，燦爛光華
就捲落如鋪展的閃電
他一一唱出……而最後
是孩子們就要協力，把這久遠的光華

在今天、在未來，重現。
他們是搖滾小英雄，我心中的。
男孩講完，嘴角還掛著銀質的微笑
他不記得早上氣哭我的事了⋯
我會不會記得呢？
我轉眼就是兩幅的宇宙圖疊沓
河紋轉落，我拖著他的小手涉水
潮漲了，這水還未涉完，
我會不會記得潮漲之前
他的小腳趾嵌在銀屑的沙中呢
我會不會記得他指著問我
那水影是什麼而我無法回答
因這共在的夢境是未有字語之前的荒晝呢？
我想我什麼都會記得，例如一段他已不再記得的
自己做過的旋律，一場在他的跳落中

燃盡的瀑布，接住那落手即軟緞的重
是我還在荒晝的緣故。因同所有的少年一樣，
他跑向前時，根本什麼都無需記得，
什麼都不必——他只要聽見自己的心跳
及那心跳後，一直隱隱的，另一副我的心跳

2023.3.9

進化史

一個生命進來我身體，
　一個生命離開我身體，
一個生命進來我身體，
　更多生命離開我身體，

我建給它們的迷宮
　現在空空盪盪
　　荒草　變作嗜血的猞猁

我押解走迷宮的月

陰影突然一敗塗地

不斷的、複雜的牆沒入
一切在邪惡中放鬆

我與世界重新做了筆交易
我全身是一處被鬼魂離棄的墳場

曾經永恆與世俗在午夜擦亮一線
但如今已經章池廢盡

我克盡職守遺忘
好像什麼都發生了，
但我什麼都不知道

被離棄的迷宮，沉船，
諸如此類的，說來很美

都是一無是處的廢物
而我也是……

時間到了
一切交還

2023.5.27

陰 明 山

Part 3

陰明山

在陰明山，
卵負責吃霧
樹負責產卵
她負責被卵殼捏住

在陰明山
鹿負責跳過鍍鎳的頭顱
有人撿骨，有人偷
刀來，割斷所有
不能學會閉嘴的騷喉

在陰明山
魑魅裏三明治
求救的微型手指
蟻后萬丈攔截了她
摁著她幹一番陰語

在陰明山
每個死去的孩子都斷崖
白骨頭顱在深夜以舌
互遞砒霜，她被拋在
殄型木架之上，後面一個
前面一個

上面一個，下面的舉起刺刀
黑血咯咯作響，樹林拉的那些卵

噴在她臉上，所有的頭顱開始
笑她，因為她皮肉裡的那個
又小又美。

她本與一顆寶石相伴來此
但陰明山捉了她
說她拿錯了東西
說她講錯了話，卸去她
薄雪裡薄鹽的盔甲

群山的霧被她弄得傷心
她還不起，群山叫著背痛
她閃小小的黑海之火

她是一場哭泣的動亂

突然山拉開山的餐布
陰明山就是陽明山
杯盤明亮，陽光
有她的心被生食時的色澤

2023.12.24

無痛坑

有人在黝黑的山上
從背後
　　射擊
留下槍口
他們喚那做星星
留下駝峰般的靜默
夜替她全扛著
月亮作嘔
我有一個黑姐妹

她的四肢離她而去

金屬粒子厭棄她時，高叫著：
死！死呵！死！死！
他們在雪地抛屍，
也是在那山的注視下
幹完一個又一個

有人在黝黑的山上，深深凝視我
我有一個白姐妹，一條白的聾啞路
我穿戴起她的四肢，與頭顱
他們摔碎她所有的琴

在這裡，有人從山上盯著你，
他們幹完一個又換一個，

他們需要你雪花般融去
黑浪吐出牙與貝然後退去
他們需要你折服

月光與蘋果
有人光禿禿飲酒
也在那黑黝黝的山上

2023.12.24 龜山

樹林口

入夜你我待命之處
台地燈火通明
有黑墮得慌

山層層湧出，又湧入
是包圍我們遠去的夜的牙
命來，遠去，又嚼著來

你睡著，呼吸沉穩
我們所在這台地
似層層餓牙中

掌心撐開之舌

命好命歹
但我自知道
你豈在意過什麼

我要夜裡的冰與笑
要這些年蹚過的湖與海
配我們的詩

2024.1.5

餓鄉

——和一九二〇瞿秋白過松花江

餓鄉有狼的眼
取代了曾哺乳你的娘的眼

餓鄉有靴子
我的朋友輪流住裡面

餓鄉有人等吃人肉
你越笑，他們越餓

餓鄉有猛火，細烹

有白骨才有那千頃沃野

餓鄉因此是飽鄉
飽鄉也是異鄉，

只有異，哪有鄉
你鄉人郎當

我只路過、蓮花落
這鄉有冷箭，無速速之冰

白鶴與紫貂只在夢裡
告訴你我昨夜做了一隻夢

所有的我的朋友

我皆從島擄了去，愛斯
基摩人，冰窟窿雪屋
我們吃黑魚，玩骨

歡歌無日夜
親愛的朋友呵，你我語言不通

誰也不是，唯有雪刺盲
第一千隻眼睛

到我心裡那隻也徹底閉了
訴你這白茫茫極川

才可喚「鄉」，你的，也是我的

那時我們就無需背對一個島
才能面對那海……
所有的海

2023.11.29

極地

太陽大亮了，把我身前一個女孩的影子
打在我身上，我的影打在別的地上
那地粗亂多土，深處藏匿，表面被影一模糊——

女孩是本地人，坐在本地的土
她走來走去，也都在自己的地方，
她的本地童年，本地性事，本地老

我不是本地人，風景我在身分離
射來的太陽滾過冰粒，獸群要衝出，
又凍足，體內一層光與另一層光間

獸群幫我吞落塵、外來語，於城環顧，
除飛鳥與蟲，皆寵物——

獸群走來走去，都困撞我的皮膚
遞煙給它們，皮膚逐寸，熄滅日光
皮上是裸夜，來，點了它，照亮它

2023.11.28

棗

小老虎一樣的弟弟，
我愛摸他的軟肚子來著，
我得想法看著他，
逗他玩，好讓大人們打麻將去

他就突然站起身來——
兩個四十歲的我那麼高了，
他就笑著舉起槍，跟獄卒們學說話了

張嘴一字，吐一顆鮮紅的核，
好像我這樣的囚人，都是他們用來補心的棗子

2021.7.18

崔小莉

親愛的，你讓我想起一隻雞來
牠下了一顆華麗的蛋

幻彩的愛心排隊過來了
分吃了那顆蛋

那是一九九二年
我從小學新年聯歡會上拿回來
閃綠的緞帶，我在默默
喜歡娶了你的那個男人

我叫他平哥，但他當街被人砍死了
我開始穿男生的夾克衫
我幻覺你生了一顆很美麗的蛋
我幻覺我娶了你，去南方，發財

2024.1.5

發光的小說
——給爸爸

請原諒我
如果我在一家發光的餐廳
說了令一切喑啞的言辭
請原諒我一邊說
一邊吞沒軟殼蟹
——它本可以成為一隻美味的藉口
請原諒我沒有從果汁裡撈出
你墮進去的眼神，我想扶正它們
讓它們大大方方的
你拋來一個玩笑為自己解脫

但我咬下蟹螯的同時
把你遞來的也嚼碎了
直到那一刻
我才知道我的心是痛的
我才知道我若看到你的傷口，是確然在乎的
我才知道我一直以來，想自時光之井中取信
我才知道那蒙塵的水流是來吹拂我們的過去的

2023.4.15

煙泡兒

大煙兒泡兒啊下晚刮
樹整得老白
有草秫棵扎出雪地
雪底下埋啥玩意兒了？
是癱家的心，癱家的肝，癱家的肺
去年孩崽子都擱這兒玩呢
今年就剩樹了
樹上就剩雪了
雪裡連個雀蛋都沒有
擱啥玩硬去開春？

古古秋秋
雪默默吉吉的
人無著無落哇
就只能滑冰！

2024.1.17

母語

誰都娘生娘養
誰都有老母，所以誰沒個母語
區別是，有的人的母語是政治正確
有的人的母語，說出來沒人看到
有的人的媽，拿出來是老太君
或者做成賈迎春樣子的老太君
有的人的老母，拿出來多半被人笑
愛自己和愛母語是有區別的
所以除非你對天下的母語，對天下的老母
一視同仁，不會對這個熱烈但
對那個沉默，對這個讚頌但對那個

挑鼻子挑眼，老娘們都是老娘們
我就贊成你確實是個
公正無私的好人。

2024.1.24

膈應

有人炸呼半天
還是把雪濱砸了

有人擱那賣單兒
道牙子上讓鳥撞了

有人摳鼻涕嘎巴
邊說膈應漢字——

那你幹他媽什麼玩意
要講著漢字來罵漢字

一片雪花六條腰
兩頭狍子四張嘴

要麼你別跟我說漢語
你就講你們那旮的話

狍子肝沒字沒眼兒
冬天獵著了挖來嚼

趁熱吞了血，
吐冷字，凍上了

你看那字貝嘍瓦塊的
長得像咱家嘎拉哈

獵人冰整的短匕首
跟你倆鬧哪？

恁家是打漁的打獵的種米的
還是根本就是個大忽悠？

看咱好身手
刀旋了，一剜！

黑血…肝呢？凍上了
凍之前削小條，緊著往嘴送

極晝啊，極夜
狍子翻了白眼

那眼仁白花花啊
這要真晒著了太陽
還能瞞應太陽嗎？

2024.02.11

錄音機與石頭（滿洲西西弗斯）

哎呀～～　倆石頭呀　砸砸砸　哎呀媽呀　不是石頭呀　那啥呀　骨頭呀　狗呀　哎呀媽呀　咋恁重尼，啥玩意呀，啥玩意呀！哎呀媽呀沉死我了，這就得這麼扛著呀，不扛不行呀　哎媽　那啥玩意來了飛機呀　快跑呀　房子一倒一大片呀　哎媽　地震啦　啥地方啊，這又飛機　又地震的　還過不過日子了　我說不來　你偏讓我來　來了完了結果背石頭　擱這站著　啥意思啊　你自個跑　別人得擱這待著送命貝　你咋恁會呢　你也別跟我倆擱這得瑟　恰咕眼不好使聽見沒你個咕動心眼子　成天揚了二正　得了巴搜　古古取取　世界都爛桃了　你自己撩了　讓我擱這背石頭　啊不　妳也背石頭啦？你也跑不

了啦？你這石頭⋯這是石頭嗎，提嘍掛蒜的，你這咋，無形之碎石啊

小樣

2024.1

分解雕塑

1

我認識一個人，用四十年模仿菌絲的生長。

他不捨得自己可以牽連出來的每一點可能性，對每一種關係，每一個別的人，每一件傢俱，他去過的每一座城市，路遇的每一塊鏡子的碎片……這些鏡子的碎片，又會照耀出新的他。就又有一個新的他從那裡牽連開去，想更多的世界的細膩部分去牽扯……慢慢的，別的人的世界，就開始受到不舒服的部分了，別的人，跟別的人、別的東西之間，接觸或者喊話，都要越過這個人的菌絲。

但後來別的人也習慣了。它們被包在一個不太需要看到別的臉、別的心的空間裡，看什麼都是自己的反射，他們蜷縮著，像是胃裡還沒來得及消化的。

2

我有一座幼兒園，一九八三年。
它現在，是一座光明的廢墟了。
幼兒園在一座東正教的教堂裡，
那教堂，後來是一座光明的廢墟了。
教堂的鑰匙捏在一八九二年來此的聖尼古拉神父的手裡，
那些指骨裡的粼光，後來是一座光明的廢墟了。

聖尼古拉神父愛吃一種山裡的菌子。
後來我們在一座蘑菇的十字架的幼兒園裡，
蜷縮著，像是胃裡還沒來得及消化的

2024.1

雪杉

你們一直在那裡
在我的有小狐狸的故事裡
小狐狸金黃色的

我愛給它畫圓圓的手套
手套中間有根繩
掛在狐狸脖子上

小狐狸兩條腿站著
想不起穿褲子
戴著有毛球球的毛線帽

這邊的人都不知道
下雪的時候要穿什麼
要戴哪種帽子
多少度，要戴怎樣的手套
穿怎樣的鞋子

這些手套、毛線帽，和鞋子
就成為我一個人的祕密

你們墜地的角度，也是我的祕密
還有冰粒在上面的折射，我摘一枝
許多針，埋進我現在的皮膚裡

雪人不會住在火裡
我現在住了，我不是你們

馴順的孩子了。

我代替雪人化去
溶落的雪水，被孩子們
踩在靴子底，又踩去別處了

2023.11.1

後記

我為何寫詩
因我想修一個氣泡
讓我們是主角

我為何寫詩
因我需要發明一種語言
保留你唇邊的雲

我為何寫詩
因我需要在入睡前
感到自己足夠地被你了解

我為何寫詩
你飲著的酒遞給我
酒裡有毒，但就吞了
毒落，萬花明媚
……我不再離開

聯合文叢 763

石榴海難

作　　者／曹疏影
發 行 人／張寶琴
總 編 輯／周昭翡
主　　編／蕭仁豪
資深編輯／林劭璜
編　　輯／劉倍佐
封面畫作／黎清妍
資深美編／戴榮芝
業務部總經理／李文吉
發行助理／詹益炫
財 務 部／趙玉瑩　韋秀英
人事行政組／李懷瑩
版權管理／蕭仁豪
法律顧問／理律法律事務所
陳長文律師、蔣大中律師
出 版 者／聯合文學出版社股份有限公司
地　　址／(110)臺北市基隆路一段 178 號 10 樓
電　　話／(02)27666759 轉 5107
傳　　真／(02)27567914
郵撥帳號／17623526 聯合文學出版社股份有限公司
登 記 證／行政院新聞局局版臺業字第 6109 號
網　　址／http://unitas.udngroup.com.tw
E-mail:unitas@udngroup.com.tw
印 刷 廠／沐春行銷創意有限公司
總 經 銷／聯合發行股份有限公司
地　　址／(231)新北市新店區寶橋路235巷6弄6號2樓
電　　話／(02)29178022

出版日期／2025年1月　初版
定　　價／380 元

NCAF 國|藝|會　本書獲財團法人國家文化藝術基金會出版補助

ISBN 978-986-323-658-0（平裝）

國家圖書館出版品預行編目資料

石榴海難 / 曹疏影作 . -- 初版 . -- 臺北市 :
聯合文學出版社股份有限公司 , 2025.1
208 面 ；14.8×21 公分 . -- （聯合文叢；763）

ISBN 978-986-323-658-0（平裝）

851.487　　113020743